CW00847772

Edizione 2018

Proprietà Letteraria Riservata

By Onlus Internazionale Life Preserver
Sede generale - Italy
Pescara - c.so Vittorio Emanuele n. 59
info@lifepreserver.eu
tel. 3663024361
www.lifepreserver.eu
www.bernadetteucci.it

Bernadette Perricone Ucci

VERITÀ
CONOSCENZA
PREGHIERA

Introduzione

Le pagine di questo libro sono rivolte all'uomo interiore con la semplicità del linguaggio di cui la nostra anima ha nostalgia.

Alcuni argomenti vengono trattati a più riprese e in alcuni punti parrebbe che vi si giri attorno, riprendendoli, quasi a ripeterli. Ma in realtà è un tracciato di educazione personale a concepire la vita dello spirito come fiamma pilota dell'umana esistenza.

Realmente si vuole dimostrare come l'uso della ragione non impedisca all'uomo di essere attratto e coinvolto nell'incandescente vortice dell'amore divino.

Quando l'uomo aderisce al piano divino, tutto si compie in lui nella perfezione dell'ordine, dell'equilibrio e dell'armonia, sia nella sfera affettiva che in quella razionale, ricevendo in tutto vita dal Creatore.

È iscritta nel piano originario della creazione la collaborazione dell'uomo con Dio. Se l'uomo riuscisse a risanare il suo rapporto con Dio, vincendo le resistenze della sua superbia, troverebbe l'unica soluzione possibile alle sue angosce terrene.

Capitolo Primo

LA VERITÀ È L'ESSENZA SPIRITUALE CHE VIVE NELLA REALTÀ

"Conoscerete la verità e la verità vi farà liberi".
(Gv 8,32)

Il sogno: posizione di ascolto delle soffuse armonie del vero

In ogni anima umana c'è un piccolo seme nascosto. È il sogno dell'uomo incantato sulla nostalgia del cielo, è il sogno del lieto fine della sua vita. Da questo seme scaturiscono gli ideali su cui tutti vorrebbero conformare le proprie scelte di vita che poi, però, la materia delude. Questo seme, infatti, noi copriamo istintivamente, quasi vergognosi di mostrarci a noi stessi e agli altri nella nostra originaria semplicità d'essere.

La storia della nostra esistenza terrena, vista con gli occhi dell'eternità, è una favola lieta o triste in base a come noi dirigiamo la nostra volontà.

Ora, se la volontà umana fugge il seme del profondo vero con tutti i richiami dell'eterno Amore, fugge l'incanto, fugge lo stupore, fugge ciò che appare infantile ai suoi occhi, allora la vita umana si accascia sotto il peso della terra e insopportabili diventano i giorni terreni. In realtà non è infantile ciò che vive nel profondo dell'anima nostra, ma innocente e vero, puro come l'essenza della vita. Noi, purtroppo, fuggendo da noi stessi, portiamo avanti una vita costruita artificialmente costruita secondo le nostre volontà dissociate dalla volontà divina, adottando la nostra ragione in percorsi che non sono quelli per cui essa stessa ci è stata donata dal Padre della vita.

La ragione ci segue dove noi la portiamo, poiché essa è strumento funzionale, ma siccome il difetto è all'origine, nella direzione verso cui la volontà la muove, sono invalidate in partenza le conclusioni a cui la stessa ragione approda. Non assoggettandosi infatti la nostra volontà a quella del nostro Creatore, traiamo dal nostro ragionare autonomo, separato dalla sua stessa essenza creaturale, effetti artificiosi, materializzati, innaturali. Potremmo dire che invece di una piacevole musica produciamo suoni stonati, incapaci di ricreare a loro volta armonie di vita secondo l'intelligenza che ci è stata data come potenza dell'anima che riflette il Sommo Intelletto del nostro Creatore e Padre divino.

Il sogno, esigenza primaria inculcata nell'anima nostra dall'impronta delle armonie eterne, è in un certo senso il linguaggio poetico del nostro intelletto. Il nostro intelletto infatti, accanto all'intuizione delle idee, che poi la nostra ragione elabora in un procedimento graduale di conoscenza, ha l'accompagnamento del sogno come una coreografia al movimentato complesso del sapere.

Poiché il sogno non viene considerato in questa sua caratteristica essenza, viene mortificato nella vita ordinaria come una ridicola evasione, come un segno di immaturità. Nel mondo dell'arte, invece, il sogno viene configurato negli archetipi culturali, quale poesia colta ed espressa dall'anima di un artista in base alle ispirazioni soggettive a lui derivate dalle suggestioni dell'universo, non quindi patrimonio essenziale da vivere per tutti, pur con le diverse espressioni personali, non respiro dell'anima che è sostanza esistenziale di ogni uomo. E, quando un artista sognando segna la strada che porta a toccare l'infinito e tutti indistintamente se ne beneficiano, anche allora si considera l'opera staccata dal contesto ispiratore che è comunque percepibile da tutti gli uomini, e si esalta in quell'artista la capacità di cogliere e interpretare liricamente o in modo figurato il bello, come ideale astratto.

Ma non è forse il bello nella sua sostanza uno degli attributi della divina essenza? E l'anima nostra non lo sogna forse perché ne è figlia?[1] Non lo sogna per il vivo desiderio di viverne e nutrirsene traendone benessere ben più grande, duraturo e veritiero di quello solo temporaneo a cui ci eleva l'opera d'arte?

Oh se il mondo sognasse liberamente! Sognare gioverebbe molto alla costruzione caratteriale di ogni uomo e la vita si semplificherebbe, poiché i suoi valori autentici e principeschi prenderebbero dimora in ogni creatura e l'autorevolezza della verità sconfiggerebbe il male, smascherandolo.

---

[1] "Come la cerva anela ai corsi d'acqua,
così l'anima mia anela a te, o Dio.
L'anima mia ha sete di Dio, del Dio vivente" (Sal 42,2-3).

La vita terrena sia la nostra favola

È bene che noi viviamo la nostra vita pensandola come una favola, poiché della favola deve portare le armonie incantevoli che sono quelle del cielo, da dove proveniamo e dove andremo a vivere per sempre, ma anche perché da lassù così la rivedremo, come una storia appassionante che ha avuto come filo conduttore la fede nella vittoria del bene finale.

La nostra storia va intessuta sulla matrice di una legge morale figlia della legge divina(2). Non potrebbe infatti proporsi una legge morale su canoni stabiliti dall'uomo, secondo una volontà propria che non tiene conto della volontà divina. La volontà divina infatti, da sempre e per sempre, è per il bene ed è luce per l'uomo, che per natura è soggetto all'errore.

Una vita umana così sottomessa alla legge di Dio e desiderosa della sua osservanza è una vita di santità(3). Non dobbiamo stupirci quando, leggendo le

---

(2) "Che io faccia il tuo volere.
Mio Dio, questo io desidero,
la tua legge è nel profondo del mio cuore" (Sal 40,9).

(3) "Possiate comportarvi in maniera degna del Signore, per piacergli in tutto, portando frutto in ogni opera buona e crescendo nella conoscenza di Dio; rafforzandovi con ogni energia secondo la potenza della sua gloria, per poter essere forti e pazienti in tutto; ringraziando con gioia il Padre che ci ha messi in grado di partecipare alla sorte dei santi nella luce" (Col 1,10-12).

vite dei Santi, vi troviamo l'incanto delle favole. Noi le chiamiamo favole non per l'accezione di tale termine, che per tradizione si riferisce a racconti che non hanno aderenza storica, ma in quanto storie legate a un mondo sognato. Né dobbiamo stupirci nel venire a conoscenza del coraggio dei Santi e del loro profumo d'amore, perché ciò che essi hanno permesso che brillasse nei loro giorni terreni non è altro che l'armonia dei colori del cielo. Ed è per la rifrazione sulla terra dei colori celesti, che ogni uomo è chiamato alla vita.

Il fascino della vita dei Santi, che richiama appunto il sapore delle favole a lieto fine, è proprio la loro adesione al piano di Dio liberamente adottata, la risposta appassionata d'amore a un disegno d'amore. I giorni della loro stagione terrena segnano un cammino ardente e innamorato verso Dio che è il loro Tutto.

I Santi ci insegnano che la vita umana è un correre verso Dio nella luce che da Lui promana, non quindi un'attesa nostalgica ma un'attività d'amore verso il traguardo finale[4].

Solo questo modo di vedere il fluire dei nostri giorni può indurci a desiderare di essere migliori, combattendo con coraggio tutto ciò che in noi e fuori di noi

---

[4] "Coloro che temono il Signore non disobbediscono alle sue parole; e coloro che lo amano seguono le sue vie" (Sir 2,15).

ostacola il dinamismo del bene. I nuovi sentimenti che in tal modo sboccerانno nei nostri cuori ci daranno nuova vitalità e accresceranno in noi ogni possibile interesse verso la creatività e la costruzione del bene. La nostra collaborazione con Dio sarà partecipe e gioiosa e riempirà essa stessa di significato la nostra vita, essendone lo scopo.

Allora sì che i valori della solidarietà e dell'amicizia fra i popoli, su cui elaboriamo tanta letteratura nei diversi campi delle scienze economiche, sociali, civili, politiche e religiose, diventeranno a giusto titolo interessi fondamentali e reciproci per tutti.

Purtroppo nella favola del mondo non c'è più la consueta contrapposizione fra i buoni e il cattivo. La storia si è capovolta: ora ci sono i cattivi e il buono. Non c'è storia a lieto fine che possa concludersi dicendo: "vissero felici". Ora siamo rattristati purtroppo da continue storie di sofferenze senza ravvedimento. E dalle sofferenze mal vissute nascono ancora nuove sofferenze in un susseguirsi senza fine.

Forse dovremmo provare a guardare indietro con gli occhi del cuore e poi portarvi la mente con i suoi strumenti diagnostici di analisi e di sintesi. Dovremmo provare a tornare bambini con semplici desideri innocenti e verificare lo stato di benessere interiore che ne deriva. Sarebbe davvero utile accorgerci che proprio da questo stato scaturisce la comprensione più immediata della semplicità dell'essere e che in tale condizione molti problemi non si pongono nemmeno[5].

Come sappiamo, i primi protagonisti di una storia pacifica ci furono. Era la favola incantata della verità. Tutto era veritiero: anima, promesse, beni temporali. La concezione di questi ultimi non era disgiunta dal valore dell'anima e dalla fede nelle promesse. Era la vera favola della vita. Dalla verità la vita è nata.

La verità è l'organo fedele della sua stessa essenza, è simbiosi naturale della linfa vitale e del pensiero dell'essenza. Vale a dire che la verità è in se stessa profondamente autentica, immutabile e inopinabile e contemporaneamente alimenta e contraddistingue l'essere, poiché ne determina insieme la natura e il pensiero.

La verità ha un suo filo conduttore con lo specchio della propria immagine. Immaginate uno specchio: esso riflette garantitamente un oggetto che gli è davanti e dell'oggetto non riesce a nascondere neppure una sua piccola linea. Immaginate una creatura, ella è davanti alla propria immagine di fatto e di luce riflessa nell'anima. La nostra anima riflette la vera immagine di noi stessi. Il riflesso corrisponde a verità. Ancora più sublime è l'effetto della verità sull'anima[6].

L'anima infatti, essendo l'essenza vitale della crea-

---

[5] "In verità vi dico: se non vi convertirete e non diventerete come i bambini, non entrerete nel regno dei cieli" (Mt 18,3).

[6] "Conoscerete la verità e la verità vi farà liberi" (Gv 8,32).

tura, nel rifletterla rifulge tutta della luce della verità. Tale verità brilla di luce propria senza fine al cospetto di tutte le altre sembianze interpretative del vero indotte dalla mente. La mente umana infatti solitamente assume in sé, come oggetto di elaborazione, visioni improprie della realtà. Esse sono improprie perché filtrate da conoscenze presuntive e tutte le conoscenze sono presuntive quando noi ci poniamo verso la realtà con una disposizione d'animo autonoma rispetto all'ordine della creazione. Sicché, tale conoscenza, pur essendo obiettiva rispetto all'oggetto studiato considerato in sé per ciò che è, non sarà veritiera, rispetto alla sua verità intrinseca di essenza. Quindi oggettiva sì, ma non interamente vera.

Questa impurità di visione della realtà, essendo di colui che osserva, riguarda sia il mondo a lui esterno che la sua stessa persona e lascia nell'anima uno stato di malessere a causa della sua esigenza ancestrale di purezza del vero. Ed è proprio questa esigenza che rende sublime l'effetto che si produce in essa al cospetto della verità.

Siccome noi vediamo la realtà esterna in modo dipendente dalla conoscenza primaria su ciò che noi siamo, è bene approfondire prima di ogni altra cosa la conoscenza di noi stessi, vale a dire dell'anima nostra. L'anima infatti è lo specchio della verità, verità su di noi, sulla creazione, nonché sulla finalità di ogni cosa creata.

Se l'anima si offusca

Noi, essendo attratti dal mondo esterno, dedichiamo la nostra attività di pensiero a tutto ciò che si muove al di fuori di noi e all'aspetto apparente della nostra persona. Torniamo in noi stessi solo quando siamo indotti a farlo dalla sofferenza esistenziale. Anche allora, però, ricerchiamo le cause nelle situazioni esterne.

Errore v'è stato in partenza, errore persiste anche dopo, traendo noi deduzioni causali, modali e finali lì dove esse non hanno motivo d'essere.

Ognuno di noi ha infatti in se stesso il fulcro nodale della verità essenziale e diveniente, poiché in sé racchiude l'essenza creaturale della propria vita e il divenire della stessa secondo le direzioni della propria volontà. Noi possiamo quindi scegliere se agire nella vita attiva secondo il dettato della verità riflessa nell'anima, oppure secondo i calcoli matematici di una ragione solo materiale. In tal caso è come se l'anima offuscasse, nascondendo il suo volto. E questo l'anima lo farebbe da se stessa, secondo il libero arbitrio che le è stato donato da Dio, non però a tale scopo. Dio infatti, pur avendo creato l'anima per un proprio progetto d'amore, non ha stabilito con essa un legame coatto, ma l'ha lasciata libera, pure a rischio che ella si potesse distaccare da Lui, che l'ha concepita riflettente Sé medesimo, scintilla del suo amore(7).

L'anima in tal modo si nega alla sua propria vista, si nasconde da se stessa quale verità e quale realtà spirituale in movimento, poiché lo spirito, non solo esiste, ma vive una propria vita che, a discrezione dell'uomo, può evolversi verso la luce o involversi nell'ombra.

L'uomo che si rifiuta di prendere coscienza della propria essenza spirituale si nega la conoscenza di sé e offusca in se stesso la capacità di vedere la realtà nel suo volto intrinseco e veritiero. E, siccome non può esservi concezione del vero da una vista offuscata, ne consegue la visione impropria di ogni altra realtà.

Ogni creatura quindi, come abbiamo visto, può nascondere al proprio occhio la sua immagine, decidendo di non guardarsi allo specchio dell'anima, ma sta di fatto che lo specchio è sempre davanti a lui ed è limpido ed emana luce profonda. Tale specchio, come dicevamo, è la verità del proprio essere.

La verità è l'essenza spirituale che vive nella realtà. Se si prescinde da essa, ne consegue una vita mentale faticosa e impervia a causa dei molteplici contorcimenti interpretativi della realtà che mai si sciolgono nella semplicità naturale dell'essere. Ne consegue

---

[7] "Il Signore è lo Spirito e dove c'è lo Spirito del Signore c'è libertà. E noi tutti, a viso scoperto, riflettendo come in uno specchio la gloria del Signore, veniamo trasformati in quella medesima immagine, di gloria in gloria, secondo l'azione dello Spirito del Signore" (2Cor 3,17-18).

anche uno stato di malessere interiore che si incunea sempre più in profondità. Da qui molti mali: diffusa tristezza, scoraggiamento, svilimento di forze, incapacità di vivere la storia della terra in una dimensione di equilibrio e di pace.

Quando una creatura nega a se stessa l'azione spirituale dell'anima, non sogna più, costruisce la sua dimora con calce e mattoni ma l'anima non c'è. Allora la vita scorre in solo conto materiale e il cuore si raffredda e geme, né le passioni disordinate che vi irrompono come intemperie possono scaldarlo ma solo devastarlo. Non vi è più poesia, non amore, non i valori certi e creativi dell'amore[(8)].

---

(8) "Tu punisci le colpe che gli uomini commettono a proprio danno. Essi anche quando peccano contro di te agiscono spietatamente contro la propria anima, e la loro iniquità s'inganna, guastando e pervertendo la propria natura creata e ordinata da te...Ciò avviene quando ti si abbandona, fonte della vita, unico vero creatore e regolatore dell'universo, amandone per orgoglio individuale una parziale falsa unità" (SANT'AGOSTINO, *Le confessioni,* III, 8.16).

L'anima conosce ciò che la mente da sola non riesce a decifrare

La verità sta nell'anima e può per tale motivo essere letta dal nostro intelletto, nella misura in cui l'anima stessa riesce a trattenere la linfa vitale che la può contraddistinguere e quindi non si nega la vita.

Quando la volontà acconsente, accade che l'anima, respirando di vita propria, sorge a vita nuova. Come il sole il mattino illumina l'universo, ella illuminerà in noi la verità nella sua incandescenza.

La verità è il sogno reale dell'anima. Reale, non in rapporto ai consueti riferimenti tangibili della nostra umanità creata, ma riguardo a ciò che l'anima conosce e che comunque la mente da sola non riuscirebbe a decifrare.

La verità non ha reti, non viene intrappolata, non si inganna e non inganna; essa è come un lunghissimo fiume limpido che corre lento e rigoglioso in mezzo alle montagne dell'anima e dona freschezza, refrigerio e compagnia nel viaggio verso l'eternità. Esso è compagno silenzioso durante la vita terrena, oltre poi è chiacchierino e sonoro. La verità infatti ha il profumo dell'eterno e fra i rumori assordanti della terra non si presenta con il frastuono dell'irruenza o l'imposizione dell'arroganza, ma tacita si svela con l'autorevolezza di se stessa e il valore soave e permanente di ciò che conta in sé, perché è al di là di ogni opinione e vive al di là di ogni diversa asserzione. Essa è regina, non suddita, combatte battaglie già vinte in mezzo a spiriti mercenari e il suo trionfo non si annuncia con suoni di tromba, perché essa trionfa da sempre sul trono della vita. Ma dopo, una volta che si è compiuta la vita in questo mondo, la verità riempie dei propri colori e suoni i suoi luoghi natii e festosa danza fra i viali per lei disegnati dall'eternità.

Potesse l'uomo ascoltare la sua voce in mezzo alla prateria della vita, dove si celano pericoli di qualsiasi tipo!

Vivere nel riflesso celestiale della verità è scomodo per la mente umana, poiché essa ragiona con un proprio quoziente intellettivo matematico. Non c'è possibilità di incontro polare fra mente e verità, se la volontà non ha carattere introitivo e accogliente per ciò che non è visibile, se cioè la volontà umana non è disposta ad accogliere e valutare l'invisibile come elemento guida del percorso terreno. Del resto, se ci pensiamo, invisibili sono già le espressioni centrali della nostra vita: il pensiero e i sentimenti. Ciò che conta è che essi convergano verso la realtà invisibile sostanziale di noi stessi che è appunto l'anima, figlia del Divin Creatore[(9)].

[(9)] "Riconosci, dunque, qual'è la cosa che più ti conviene. Non uscire da te, ritorna in te stesso. La verità abita nell'interiorità dell'uomo" (Sant'Agostino, *De vera religione*, 39.72).

L'uomo quindi, oltre che generare fisicamente, genera anche la verità, poiché essa nasce ai suoi occhi per mezzo di un atto di volontà e di desiderio, proprio come accade per il concepimento.

La verità quindi è un bene che va cercato fra le montagne dell'anima, come dicevamo prima. Esse sono, agli occhi distratti, le zone d'ombra della propria interiorità trascurata, ma agli occhi attenti e interessati sono l'invito a salire verso la luce che viene alla nostra conoscenza per l'eternità.

Solo amando, desiderando e concependo in noi la verità, possiamo crescere acconsentendo a divenire coscientemente ciò che realmente siamo, e cioè anima. Allora sì che saremo specchio a noi stessi, pronti a giudicarci e a correggere i nostri difetti non più solo fisici, ma anche caratteriali e spirituali.

Accogliendo la verità, l'uomo apre le porte all'Assoluto

La verità quindi viene dall'anima. Il suo venire comporta accoglienza, un'accoglienza che può essere temporale o eterna, a seconda che la si assume in funzione delle realtà del tempo o di quelle eterne. Cambia in tal modo lo sfondo di finalità che motiva le scelte e le volontà.

Nell'atto di tale accoglienza l'uomo apre le porte del proprio essere all'Assoluto, il solo che può soddisfare il suo cuore nelle attese, nelle ragioni di sentimento e di causa e rassicurarlo di promesse e di certezze.

Il desiderio che nasce dal cuore non è uguale a quello che è mosso solo dalla mente. Quest'ultima, infatti, ha carattere indagatore e capacità di discernimento in base agli impulsi che riceve; le sue funzioni non vanno oltre i dati assunti. Anche la volontà che ne consegue è ben diversa. La volontà che è maturata nel cuore si dirige all'accoglienza, quella che è maturata nella mente invece volge verso l'interpretazione. E, per quanto le interpretazioni si vogliano avvicinare al vero, non riescono mai a coglierlo nella sua luce radiale.

Né, procedendo con la sola ragione, si può cogliere e ancor meno accogliere l'Assoluto ma solo con il desiderio di un cuore che tende verso lo specchio dell'anima. Il cuore infatti, quando non è chiuso in se stesso e quindi non si nega la vita, riconosce il linguaggio dell'Amore di cui l'anima è figlia.

La ragione è arrogante, riconosce solo se stessa, non accoglie, giudica sulla base dei soli elementi assunti. Il cuore invece, quando si dispone alla docilità, può schiudere le proprie porte fino ad un'apertura senza riserve.

L'Assoluto, quando è desiderato e cercato dal cuore, ha poi un potere esecutivo su ogni ragione artefatta: sostanzialmente espropria ciò che non è giustamente adeguato e lavora per costruire un volto nuovo. È questa una costruzione che richiede la collaborazione dell'uomo intento a elaborare nella mente e ad esercitare nella pratica ciò che l'anima intuisce e il cuore sperimenta(10).

Il problema centrale è quindi quello della nostra disposizione interiore a tale collaborazione.

---

(10) "La verità su Dio Creatore del mondo e su Cristo suo Redentore è una forza potente che ispira un atteggiamento positivo verso la creazione e una costante spinta a impegnarsi nella sua trasformazione e nel suo perfezionamento" (SAN GIOVANNI PAOLO II, *Varcare la soglia della speranza*).

Capitolo Secondo

LA CONOSCENZA DELLE REALTÀ DIVINE

"E così, strettamente congiunti nell'amore, essi acquistino in tutta la sua ricchezza la piena intelligenza, e giungano a penetrare nella perfetta conoscenza del mistero di Dio, cioè Cristo, nel quale sono nascosti tutti i tesori della sapienza e della scienza".
(Col 2,2-3)

Il dolore apre il cuore umano alla conoscenza delle realtà divine

Quando l'uomo vive appagato dal benessere materiale, nessuna costruzione di quelle suddette può avvenire. Egli, infatti, non ha sete d'altro se i suoi desideri sono già saziati, né è spronato ad esplorare il suo mondo interiore.

Solo il dolore delle fatiche, delle rinunce, del parto, delle malattie, delle perdite, delle mortificazioni può indurci a rivedere il nostro comportamento in parole e in pensieri e ancor più in azioni[1].

Il dolore abbatte le mura di difesa che edifichiamo attorno alla nostra persona. Il dolore rimuove le sicurezze su cui abbiamo creduto di fondare la nostra vita. Il dolore ci lascia all'improvviso allo scoperto di fronte alla nostra solitudine, povertà, miseria, finitudine.

Le ingiustizie ci inquietano, ci scoraggiano, ci indeboliscono. Le fatiche senza soddisfazioni ci demotivano, ci avviliscono, ci deludono. Le rinunce ci privano delle speranze sui nostri progetti. Le malattie deprimono in noi l'entusiasmo e riducono la forza di andare avanti.

---

[1] "Egli libera il povero con l'afflizione, gli apre l'udito con la sventura" (Gb 36,15).

Il dolore comunque ci costringe a una revisione dei conti, ferma il nostro passo spedito sul viale della vita e ci obbliga a sostare sull'ostacolo e a pensare. Qui l'attività del nostro pensiero deve trovarci preparati a non indugiare su preoccupazioni che chiudono la via alla scoperta dell'Amore. Dio attende questo momento, in cui fermiamo la nostra corsa verso il benessere illusorio della terra, per incontrare Lui. Solo allora timidamente si schiude nel nostro cuore il desiderio di incontrarlo. In quei momenti non facciamoci sorprendere da insani pensieri che gettano solo ombra sulla nostra via, ma pensiamo piuttosto a trovare nuove ragioni e nuove speranze nell'amore divino[2].

Allora è necessario chiudere la porta al passato e risollevarsi con nuovi propositi. Cristo, che fa nuove tutte le cose[3], è davanti a noi a ricordarci che Egli, avendo sofferto la sua tremenda passione e morte per la nostra salvezza, non vuole il nostro dolore ma la nostra gioia, una gioia carica di fede e di speranza motivata dalla sua Risurrezione. E, quando attraverso l'umano dolore siamo provati nel nostro corpo, nel

---

(2) "Coraggio, figli, gridate a Dio, poiché si ricorderà di voi colui che vi ha provati. Però, come pensaste di allontanarvi da Dio, così ritornando decuplicate lo zelo per ricercarlo, poiché chi vi ha afflitti con tante calamità vi darà anche, con la salvezza, una gioia perenne" (Bar 4,27-29).

(3) "Ecco, io faccio nuove tutte le cose" (Ap 21,5).

nostro cuore e nella nostra mente, Egli è con noi[4], porta la nostra croce a motivo della sua Croce e ci chiama a essere suoi amici, a unire i nostri dolori ai suoi e a desiderare con Lui la nostra e l'altrui salvezza[5]. Dobbiamo curarci quindi di non restare imbrigliati nell'amarezza, ma di utilizzare ogni prova morale o fisica per spiccare il volo verso il suo amore che tutto spiega e tutto scioglie.

Per questo il nostro spirito va esercitato alla sua libertà, che è libertà di scoperta, di comprensione, di intelletto, di pensiero, di volontà e quindi di desiderio. Sia mantenuto sempre acceso il nostro desiderio di Dio dalla nostra volontà, determinata prima dalla conoscenza di Dio e di noi stessi e rinforzata poi dalla nostra perseveranza coraggiosa di fede e di speranza[6].

Solo liberandoci dalle prigionie mentali, dovute ad una visione generale delle cose legata ai lacci della terra, possiamo esercitare una siffatta volontà,

---

(4) "Il Signore è vicino a chi ha il cuore ferito,
egli salva gli spiriti affranti.
Molte sono le sventure del giusto,
ma lo libera da tutte il Signore" (Sal 34,19-20).

(5) "Insieme con me prendi anche tu la tua parte di sofferenze, come un buon soldato di Cristo Gesù" (2Tm 2,3).

(6) "Quanto non intendi, quanto non vedi, una fede piena di coraggio dà per fermo, di là dall'ordine delle cose" (SAN TOMMASO D'AQUINO, Ufficio del Santissimo Sacramento).

sostenerla e continuamente rinnovarla con riaccesi sentimenti di fede e di amore uniti a santi propositi di fedeltà e di soggezione filiale.

Il dolore quindi stuzzica l'anima, la toglie dal torpore, la risveglia alla sua propria realtà, che era stata soffocata dalla superbia e dall'egoismo.

Il turbamento causato dal dolore provoca paure e muove i fili che tengono la coscienza.

Il plagio della coscienza

La coscienza è fedele alla verità quando l'anima viene visitata dall'amore che solo l'Eterno emana.

La sostanza dell'Eterno è infatti amore puro e soave, non come quello concepito dagli uomini che vogliono comprimerlo dentro le reti della schiavitù. L'amore che sostanzia l'eterno è veritiero, tutto comprende, tutto accoglie, tutto dona con assoluto rispetto. Quando noi capiremo cosa comporta il frutto del rispetto, allora avremo compreso il valore dell'umiltà, che è alla base della conoscenza del vero. L'umiltà non è un concetto filosofico, non è una dottrina, non è un atteggiamento, e nemmeno un costume. L'umiltà è il modo di vivere dell'amore e diventa un connotato dell'anima quando essa ha compreso la propria posizione nel creato, vi si adatta e diventa incline al sapere sottomesso e fruitore per sé, per gli altri e per il bene oggettivo, aprendosi alle intuizioni dello spirito(7).

Accade spesso, però, che la nostra anima sia reclusa in noi a causa della nostra fondante fiducia in ciò che umanamente possiamo conseguire per i meriti della nostra ragione, per le nostre capacità e secondo

(7) "Io ti rendo lode, Padre, Signore del cielo e della terra, che hai nascosto queste cose ai dotti e ai sapienti e le hai rivelate ai piccoli" (Lc 10,21).

la spinta di un cuore dissociato dall'amore puro originario e originante che solo lo spirito può infondere. Sicché, se la vita dello spirito è sopita in noi, se non la attiviamo con la nostra volontà di ascolto interessato e attento, chiudiamo in noi le valvole riceventi della vita e della sovrana verità.

Essendo lo spirito la nostra essenza vitale ed eterna, è necessario interessarci ad esso, curarlo e sintonizzare su di esso tutte le altre potenzialità funzionali e attitudinali della nostra umana natura.

Purtroppo la coscienza umana spesso si culla nel plagio, assimilando in sé, come canoni di riferimento ottimali e direzionali, le concezioni indotte dagli interessi terreni. Essa in tal modo appare attiva e fedele e viene spesso chiamata in causa a comprova di un retto operato, ma essa è plagiata in se stessa e manda segnali secondo le dottrine del mondo. Sicché il tradimento della verità non è succedaneo ma originario. È all'origine il plagio, nell'appropriazione indebita di ciò che Dio ci ha dato per finalità eterna e che noi usiamo per fini materiali e comunque secondo la nostra volontà e non la sua, che è il motivo per cui esistiamo. Noi siamo per essere per Lui e non per noi stessi con finalità solo terrena(8).

Da qui deriva la catena delle interpretazioni errate.

---

(8) "Lo Spirito stesso attesta al nostro spirito che siamo figli di Dio" (Rm 8,16).

Ma tale plagio è un'azione che l'uomo produce da sé in se stesso. Egli non può dire di averlo subito. Infatti, la coscienza è formata da fili sottili che collegano l'anima alla sua fonte originaria. Essi sono l'eco dell'impronta della creazione. Ogni uomo nel fondo della propria coscienza percepisce il suono significativo dell'eterna verità[9]. Sta al proprio libero arbitrio ascoltarlo o sovrapporlo con pensieri di altra genesi. Da questa scelta, che Dio lascia libera ad ogni uomo, deriva l'elevazione del cuore alla sapienza intellettiva o l'appesantimento di un percorso di vita da portare avanti autonomamente con il lutto dell'orfano. Che noi infatti apparteniamo a Dio è verità in sé, poiché ne siamo figli nell'essenza vitale della nostra persona. Questa realtà non dipende dalla nostra volontà. È nostra volontà, invece, l'aderirvi, il che comporta un'elezione affettiva da parte nostra. Da qui consegue una scelta di vita nuova all'unisono con i dettami dell'anima. L'anima, in tal modo, si volge per amore all'osservanza delle leggi del suo Creatore.

Se Dio non può mai lasciarci orfani, noi, però, per libera scelta possiamo allontanarci da Lui e privarci della sua grazia per il libero arbitrio che Egli stesso ci ha donato, non potendo esservi alcuna imposizione ma

[9] "Ti sia sottomessa ogni tua creatura: perché tu dicesti e tutte le cose furon fatte; mandasti il tuo spirito e furono costruite e nessuno può resistere alla tua voce" (Gdt 16,14).

solo armonia di consensi nel suo progetto d'amore.

Per nostra volontà quindi possiamo aprirci o chiuderci a Dio.

Quando il cuore umano si chiude alla luce dell'Amore, il grigiore della terra lo riempie di sé e a poco a poco gli toglie la vita[10]. Non più riverberi del Bello che riluce nel cielo dell'anima, non più stupori, né dolci richiami d'infanzia. In un cuore chiuso tutto è senza sfondo e soccombe sotto il peso del tempo che sovrappone storie su storie senza speranza, senza la carezza delle promesse future.

Ma quando lo spirito si eleva nello Spirito Santo, è allora che il motore si avvia: l'anima nella sua totalità acquista il sopravvento sulla coscienza e con coraggio prende posizioni su ogni sua instabilità. La coscienza comincia a prendere vita e si avvia il processo della sua metamorfosi. Tutto ciò che prima era nel buio ora si illumina di nuova luce e inizia in essa un nuovo cammino. Attratta dalla conoscenza di ciò che vale al di sopra di tutto ciò che appare, scopre la vita nella verità che le si apre davanti come un nuovo scenario. La verità le si svela regale, con tutto il fascino di un affetto antico. Ora essa discerne senza artificio mentale. Riconosce ciò che è falso, vede e annulla ogni cosa negativa. Allontana gli inganni del mondo e si giova

---

[10] "Beato l'uomo che teme sempre,
chi indurisce il cuore cadrà nel male" (Pr 28,14).

della grazia divina[11]. Si dispiace degli errori di cui va acquistando consapevolezza e chiede perdono.

Nonostante resti sempre limitata la nostra attitudine a vedere ogni cosa, sia riguardo a noi stessi che riguardo alla realtà che ci circonda, la nostra coscienza, se è liberata dai veli che le coprono la luce dello Spirito, acquista capacità di discernimento fra le cose che vede.

In questa nuova vita la coscienza anela a desideri nuovi e conformi alla legge naturale dello spirito. Inizia per essa il cammino della grande risalita, dove non è tanto difficile vedere nella luce, ma è molto arduo risalire a gradi il processo di vita con altri valori scevri dagli inquinamenti ricevuti lungo il percorso di plagio. In questo cammino la verità e la coscienza mai potranno scontrarsi, ma confrontarsi sì; e nel confronto lo specchio, che è l'anima, darà la luce necessaria e utile. L'anima infatti, specchio dell'infinito Amore che contempla in sé tutte le realtà eterne della vita increata, riflette in se stessa la luce che può far vedere la verità intrinseca di ogni realtà o situazione[12].

---

[11] "Questo è infatti il nostro vanto: la testimonianza della coscienza di esserci comportati nel mondo, e particolarmente verso di voi, con la santità e sincerità che vengono da Dio, non con la sapienza della carne ma con la grazia di Dio" (2Cor 1, 12).

[12] "La chiamo cielo [l'anima], perché io la feci come un cielo, dove abito per grazia, celandomi dentro di lei e facendovi dimora per affetto d'amore" (SANTA CATERINA DA SIENA, *Il dialogo della Divina Provvidenza*, II, 33).

È meglio per noi prendere in noi stessi l'iniziativa di saggiare il nostro essere, senza rimandi rischiosi. Infatti, se lasciamo fluire la nostra vita in modo sganciato dai cardini della sua stessa essenza, ci troveremo trascinati verso gravi crolli. Allora il tempo della ricostruzione diventerebbe molto più lungo e doloroso. Per questo è necessario interrogarsi prima che ciò avvenga e formarsi un animo umile e disposto a sottomettersi. La superbia infatti offusca la verità su noi stessi, l'umiltà invece la illumina.

È bene abituarsi a dubitare della bontà del proprio operato, e desiderare sempre ciò che potrebbe essere più giusto, saggio e naturale, anche se contrasta con il nostro istintivo modo di pensare[(13)].

Spesso, infatti, la mente ci spinge verso l'inganno di ritenere giusto ciò che siamo abituati a pensare tale o ciò che desideriamo in cuor nostro. Per guadagnare però l'intelligenza del bene oggettivo, dobbiamo essere sempre pronti a metterci in discussione e a cambiare le nostre posizioni, restando interiormente aperti al consiglio che lo Spirito vuole donarci.

Tale disposizione al cambiamento e all'accoglienza del nuovo matura nell'uomo quando egli si appresta a seguire le vie del Signore nella fedeltà e nell'amore, proprio perché le riconosce proprie. Gioisce allora l'anima,

---

[(13)] "Dopo esser passato sopra i tempi dell'ignoranza, ora Dio ordina a tutti gli uomini di tutti i luoghi di ravvedersi" (At 17,30).

ritrovandosi creatura al cospetto del suo Creatore.

Quando si comprende l'importanza e il valore dell'opera del Creatore, non si permette più che essa sia contrastata in alcun modo e ci si attiva a rintracciare e identificare in se stessi e all'esterno di sé i nemici dell'ordine delle cose di Dio per combatterli[14]. Vivo desiderio infatti sarà allora rispettare tale ordine e corrispondere come creature alle dolci armonie del creato, i cui suoni e linguaggi poetici l'anima riconoscerà familiari.

Ecco, la coscienza risplende ora della sua luce che è il riflesso dell'umana volontà di dirigere il tempo terreno al servizio delle verità eterne. Non c'è fatica se restituiamo all'anima il suo primato di vita. Ella vivrà del profumo di Dio che le è stato donato come propria sostanza vitale nell'attimo della sua stessa creazione.

Non più menzogne, non più labirintiche giustificazioni e sovrapposizioni di errori. L'arroganza delle umane pretese si arretra e avanza la vita liberata dalla sua prigionia. Allora la coscienza riconosce nella mente gli ingranaggi beffardi delle umane ragioni, legate al dispotismo dell'amor proprio secondo materia, e sceglie di elevare l'amor proprio al grado positivo delle ragioni dello spirito, perché ne ha riconosciuto la superiorità.

---

[14] "Ma tu, uomo di Dio, fuggi queste cose; tendi alla giustizia, alla pietà, alla fede, alla carità, alla pazienza, alla mitezza. Combatti la buona battaglia della fede" (1Tm 6,11-12).

La conoscenza è compimento di vita

Abbiamo richiamato all'inizio del testo l'importanza del sogno come posizione d'ascolto delle soffuse armonie del cielo di cui la nostra anima ha nostalgia. Il sogno, dolce visita nell'essenza del creato, è pur sempre, però, evanescente in se stesso. La realtà è invece conoscenza. È reale infatti tutto ciò che, materiale o spirituale che sia, rimane in quanto conosciuto.

Il corpo è realtà, ma con una peculiarità: alla fine del suo processo vitale incontra l'evanescenza, poiché svanisce di corporalità ed evapora nella polvere. Non allo stesso modo svanisce l'anima, che è la nostra sostanza eterna e, pur se sembra perdersi alla nostra percezione, si intrasente. Conserviamo, infatti, verso i nostri defunti un richiamo interiore come di presenza veritiera oltre il tempo, un legame d'anima forte e impalpabile, non solo memoria.

La conoscenza, quale valore morale e di intelletto, non muore con il corpo ma resta per sempre quale ricordo di una realtà ormai passata nell'evanescenza.

È bene che l'uomo sviluppi, oltre alla conoscenza delle leggi della materia, anche quella delle leggi dello spirito, perché queste ultime riguardano l'unica realtà che lo accompagna oltre la vita terrena[15].

---

[15] "Noi non fissiamo lo sguardo sulle cose visibili, ma su quelle invisibili. Le cose visibili sono d'un momento, quelle invisibili sono eterne" (2Cor 4,18).

Una vita vissuta quaggiù nello spirito è l'eredità per la seconda vita, che più non avrà fine e in cui vivremo le verità eterne in pienezza. Tanto più ne godremo, quanto più le avremo già conosciute e maturate durante la vita terrena attraverso i mezzi di conoscenza che Dio stesso ci ha dato.

È importantissimo, a tal fine, che ogni uomo conosca la sua similitudine con l'Uomo incarnato e ne studi bene le relazionalità.

Egli è venuto a richiamare in noi la nostra derivazione dal Padre e a risvegliare le assonanze ancestrali che echeggiano nei luoghi più reconditi dell'anima nostra. Il suo sguardo richiama in ognuno di noi l'inconfondibile familiarità dell'uomo con Dio[16].

Nella profondità acuta e avvolgente dello sguardo di Cristo, vero Dio e vero Uomo, non c'è uomo sulla terra che non scopra in sé il richiamo d'amore dell'Eterno Padre, non c'è uomo che in questo sguardo non incontri l'autorevolezza della verità senza potervi sfuggire.

Egli, l'Uomo senza tempo, si è calato nel tempo, puro Spirito si è incarnato, prendendo la forma e la

---

[16] "Così dunque voi non siete più stranieri né ospiti, ma siete concittadini dei santi e familiari di Dio, edificati sopra il fondamento degli apostoli e dei profeti, e avendo come pietra angolare lo stesso Cristo Gesù. In lui ogni costruzione cresce ben ordinata per essere tempio santo nel Signore; in lui anche voi insieme con gli altri venite edificati per diventare dimora di Dio per mezzo dello Spirito" (Ef 2,19-22).

sostanza della materia. Che cosa ci ha portato? Il palpito del Cuore divino, l'essenza dell'eterna verità che è verità d'amore incontestabile e sovrana, impressa nell'anima nostra.

Non può l'uomo continuare a trafiggere quel Cuore senza trafiggere anche il proprio. Non può spodestare la verità e mettere sul trono la menzogna senza recidere in se stesso la vita.

Nell'Uomo-Dio la verità e la vita sono tutt'uno, due volti della stessa essenza(17).

Non può l'uomo estromettere la verità rivelata da Dio a favore di verità artificiosamente indotte dalla propria mente; non può farlo se non estromettendo anche se stesso.

La relazione fra l'uomo e Dio è connaturata nell'umana natura; non può l'uomo vivere nella pienezza di ciò che è, se non la riconosce e non le si conferma. Né può esservi salute generale in lui al di fuori della conoscenza di sé e di Dio.

La conoscenza è sinonimo di volontà, nella misura in cui è desiderata. Dalla volontà che muove l'interesse a sapere nasce poi una nuova volontà ad agire in modo conforme alle verità conosciute. Se la conoscenza si proietta sulla realtà originaria e finale della nostra vita, allargandosi con interesse al legame dell'anima con l'eternità, una santa passione incal-

---

(17) "Io sono la via, la verità e la vita. Nessuno viene al Padre se non per mezzo di me" (Gv 14,6).

zerà la mente ad adeguarsi. Le scintille di verità, che l'anima accoglierà per la sua apertura all'Assoluto, apriranno quindi varchi nella sfera affettiva e in quella mentale con grande frutto.

È un circolo di vita. Si attiva, infatti, una correlazione scambievole di segnali vitali fra il cuore e la mente, quando entriamo nella consapevolezza chiara e veritiera del valore della vita immortale in noi.

Il valore dell'uomo è nell'appartenere a Dio. Egli, Sommo Bene, ha impresso di Sé il nucleo vitale dell'uomo[18]. Quando l'uomo coglie tale verità in modo cognitivo, egli contemporaneamente conosce e vive l'amore, non più solo come l'esperienza umana gli suggerisce, ma in modo nuovo. Ciò che ora va conoscendo è, infatti, proiezione della verità ancestrale riflessa nell'intimo dell'anima sua. Egli ne riconosce il richiamo, che al tempo della superficialità e della noncuranza non riusciva a decifrare. Ora fa esperienza diretta del nesso vitale che lega il suo vero bene alla verità e all'eternità che sono in Dio e vuole dimorarvi. È un dimorare nella conoscenza in una percezione del vero che nutre i desideri dell'anima ed è profonda e pacificante. Chi conosce Dio lo ama, e allora la stessa luce che illumina l'intelletto scalda il cuore, accendendo una correlazione interna fra tali elementi vitali che dà senso e motivo all'umana esistenza.

---

[18] "Sì, Dio ha creato l'uomo per l'immortalità; lo fece a immagine della propria natura" (Sap 2,23).

La volontà è ordinata alla conoscenza

La volontà, quindi, è legata alla conoscenza. Io voglio in base a ciò che conosco e conosco ciò che mi è dato conoscere anche in base alla mia volontà di aprirmi umilmente a sapere di più, senza fidarmi del mio attuale sapere.

Più ampia è la conoscenza, più campi abbraccia, più possibilità ha la volontà a sua volta, in fasi successive, di orientarsi su orizzonti d'azione.

Più consci siamo delle realtà che ci circondano e spiegano l'umana natura e la sua storia evolutiva, più consapevoli diventiamo delle realtà oggettive, soggettive e divenienti, più ci spingeremo verso la conoscenza dell'Essere supremo da cui tutto ha origine e in cui tutto si compirà alla fine. È la nostra volontà, quindi, che può portarci alle vie superiori della conoscenza, facendoci comprendere che la vita è un terreno da coltivare, affinché possa divenire fruttuoso[(19)].

[(19)] "Per questo mettete ogni impegno per aggiungere alla vostra fede la virtù, alla virtù la conoscenza, alla conoscenza la temperanza, alla temperanza la pazienza, alla pazienza la pietà, alla pietà l'amore fraterno, all'amore fraterno la carità. Se queste cose si trovano in abbondanza in voi, non vi lasceranno oziosi né senza frutto per la conoscenza del Signore nostro Gesù Cristo" (2Pt 1,5-8).

Una prima volontà quindi necessita per spingersi a conoscere di più, una seconda poi ad orientare la mente e il cuore nella direzione che le conoscenze man mano acquisite suggeriscono.

Entrambe le volontà vanno stimolate in noi in ogni età della vita, affinché sempre possiamo conoscere e agire in modo consono all'interezza del nostro microcosmo, spiegandoci noi stessi, il nostro corso di vita, il traguardo finale, la vita eterna che ci attende.

Ancor più necessario è avviare e perseguire tale stimolo nei giovani. Essi, infatti, hanno di fronte a sé pressoché l'intero corso della vita ed è essenziale che non dissipino il loro tempo, ma si dirigano coscienziosamente verso la conoscenza di sé e del loro Creatore[20].

Si aprano i giovani all'educazione dello spirito, dove la conoscenza è sinonimo di relazione e di vita. Sperimentino la preghiera come poesia d'incontro, poiché poetico è l'incontro con Dio Padre, come un tuffo nell'abbraccio sempre sognato dall'anima. Più questo sogno si tiene nascosto, più la vita umana è infelice. Comprendano tale verità quei giovani che cercano la felicità dove non possono trovarla e scavano per questa ignoranza burroni pericolosi in se stessi.

---

[20] "Non cessiamo di pregare per voi, e di chiedere che abbiate una conoscenza piena della sua volontà con ogni sapienza e intelligenza spirituale" (Col 1,9).

Aprano il loro cuore a Dio e la Sapienza li guiderà e li scalderà[21].

Sin dalla sua tenera età ogni uomo dovrebbe imparare a familiarizzare con la propria anima, avviando il colloquio personale con Dio Padre attraverso il suo Figlio unigenito. Crescendo, dovrà poi curare e apprezzare l'altissimo valore del dono dell'Incarnazione, assaporandone il mistero, senza contrapporvisi a causa dell'incapacità della ragione a confrontarsi con tale realtà. Né dovrà mai trascurare la guida di Maria, Madre di Cristo e Madre di ogni uomo.

In realtà deve far parte della cultura umana la conoscenza delle realtà spirituali e del piano della nostra salvezza concepito dalla paternità di un Dio che è Amore e Misericordia, nonché l'educazione a sottomettersi con umile intelligenza alle Sue Leggi.

Apprezzi ogni uomo la lettura edificante della vita dei Santi che ci hanno preceduto in questo viaggio tumultuoso che è la nostra stagione terrena; scopra l'amicizia degli Angeli e tutte le meraviglie provvidenziali nate dal Cuore di Dio.

---

[21] "La sapienza è radiosa e indefettibile,
facilmente è contemplata da chi l'ama
e trovata da chiunque la ricerca.
Previene, per farsi conoscere, quanti la desiderano.
Chi si leva per essa di buon mattino non faticherà,
la troverà seduta alla sua porta.
Riflettere su di essa è perfezione di saggezza,
chi veglia per lei sarà presto senza affanni" (Sap 6,12-15).

Capitolo Terzo

VIVERE NEL MONDO CON L'EQUILIBRIO DELLA PREGHIERA

"Una cosa ho chiesto al Signore,
questa sola io cerco:
abitare nella casa del Signore
tutti i giorni della mia vita,
per gustare la dolcezza del Signore
ed ammirare il suo santuario".
(Sal 27,4)

L'umiltà, condizione primaria di accesso alle vie dello spirito

Sottomettendosi alla legge dello spirito l'uomo può arrivare a conoscere i segreti dell'universo sotto la guida della grande Luce[1]. Ma, perché questo sia possibile, è necessario conoscere e desiderare l'umiltà[2]. Se non pratica l'umiltà, l'uomo può conoscere solo ciò che è fine a se stesso nella sua misera vita terrena.

L'umiltà è una condizione di vita continuamente minacciata, però, dall'amor proprio che attinge nella superbia la propria linfa vitale. Alla superbia si accompagna la presunzione che ci fa credere di avere conoscenze e capacità sufficienti, vietandoci in tal modo di acquisirne e svilupparne altre.

Affinché la condizione dell'umiltà venga prima esperita e poi perseguita, è necessario che si acquisti prima la conoscenza del suo valore e dei suoi connotati, per poterla in tal modo desiderare. Il valore primario dell'umiltà sta nel favorire l'apertura dell'intelletto. L'umile, infatti, ritenendo sempre poco ciò che sa, si mantiene in continua condizione di apprendimento. Siccome dalla comprensione delle cose scaturisce la

---

[1] "Io sono la luce del mondo; chi segue me non camminerà nelle tenebre, ma avrà la luce della vita" (Gv 8,12).

[2] "Se uno vuol essere il primo, sia l'ultimo di tutti e il servo di tutti" (Mc 9,35).

volontà di agire secondo rettitudine e buona finalità, tale apertura è premessa indispensabile ad una positiva attività di pensiero e di azione. Ma ci sono tanti valori correlati a questo valore primario. Fra questi consideriamo il benessere spirituale e la serenità interiore, che sono conseguenziali all'attività dell'intelligenza, quando questa si colloca nella giusta sottomissione alla legge dello spirito. Nella concezione spirituale del sapere, infatti, si attua in noi l'equilibrio dell'insieme, perché si equivalgono conoscenza e vita e la vita stessa si esprime nell'amore con soddisfazione dei desideri più profondi dell'anima, come prima dicevamo.

Quanto ai connotati dell'umiltà, essi sono molteplici, ma hanno tutti come comune denominatore la mitezza d'animo.

Non si sente mai sicuro di sé l'umile, né respinge correzioni, consigli o confronti, poiché è conscio dell'aiuto che essi portano alla propria crescita. Egli non manifesta mai permalosità o rincrescimento se qualcuno o la vita stessa nel suo evolversi evidenzia un suo fallo, anzi ne trae con intelligenza motivo per rivedersi.

Connotato attivo dell'umiltà è quindi una volontà sempre accesa al ravvedimento. Altro connotato è il sorriso. L'umile sorride alla vita e agli altri, non si aggrotta di fronte alle opposizioni, né si innervosisce di fronte alle contrarietà. Egli sa che bisogna saper stare in questa vita come in una palestra, esercitandosi nelle virtù e mantenendo in se stessi un continuo stato d'animo incline all'allenamento. Egli non si scandalizza degli errori altrui né dei propri, pur mantenendosi severo nella correzione di sé, poiché conosce l'imperfezione umana e sa che essa rischia piuttosto di diventare ancora più marcata laddove la si vuole coprire.

Così l'umile si muove in un equilibrio di sentimenti: non esagera nel mortificarsi per la propria miseria, né nel conclamarla, ma semplicemente la conosce, la riconosce, l'accetta e si adopera a migliorarsi.

L'umiltà è quindi quella virtù che dispone intimamente l'uomo nella retta posizione verso se stesso e verso Dio e prelude alla conoscenza di sé e di Dio nella misura accessibile all'intelletto umano e permessa da Dio. L'anima allora vive una condizione di beatitudine, poiché Dio abita nell'umile.

Quando l'anima, così predisposta, si spinge verso la Luce, viene infiammata dallo Spirito e fa esperienza precoce del gaudio eterno per partecipazione scaturita appunto dalla sua sottomissione. Tale gaudio non è fine a se stesso ma introduce alla conoscenza e alla sapienza necessaria all'anima in quel momento della sua crescita(3).

---

(3) "La via per giungere a conoscere e gustare perfettamente me, vita eterna, è che tu non esca mai dal vero conoscimento di te stessa; e se tu ti abbasserai nella valle dell'umiltà, conoscerai me in te. Da questa conoscenza trarrai quanto ti è necessario." (SANTA CATERINA DA SIENA, *Il dialogo della Divina Provvidenza*, I, 4)

Sicché la conoscenza delle realtà spirituali avviene nell'uomo attraverso l'esperienza che egli ne fa, e da tale conoscenza deriva la revisione del proprio comportamento e la scelta di un nuovo stile di vita. L'anima, infatti, non può negarsi a se stessa e, siccome sa che ciò che ha colto è l'essenziale, tutto fa convergere verso la legge di Dio.

Il cammino della crescita umana

Il pensiero della nostra crescita globale non deve mai abbandonarci.

Una visione della realtà soltanto materiale, infatti, sarebbe incompleta e darebbe adito a deduzioni interpretative del vero non reali, poiché basate su elementi insufficienti e per lo più solo transitori.

Quando si vede una parte pensando che sia il tutto si ha una cognizione inesatta della realtà. Le stesse cose si considererebbero in modo assai diverso se si avesse una visione d'insieme e cambierebbero anche le correlazioni. È un po' come il posizionamento ottico di una macchina fotografica.

Quando un uomo cresce nella vita che gli è propria, i suoi sensi si armonizzano, poiché egli conosce la realtà nella sua interezza e la vede con l'occhio spirituale. Ciò vale a dire che riesce a vedere oltre il visibile e che nelle varie situazioni comprende i significati reconditi che altrimenti gli sarebbero rimasti sconosciuti.

Se la crescita fisica ha bisogno di cibo, quella spirituale ha bisogno di valori. Questi vengono inculcati nell'infanzia e nell'adolescenza dai genitori e dagli educatori. Crescendo, però, dobbiamo continuare a custodire la vita spirituale, così come curiamo la salute fisica.

La cura dell'educazione interiore è un elemento basilare nella nostra vita e va tenuto in considerazione primaria. Abbiamo infatti tutti bisogno di affinarci nei pensieri e nei comportamenti e di allargare le nostre conoscenze, non solo per sapere, ma anche e soprattutto per capire ciò che le apparenze nascondono e saper collegare le cause e gli effetti di tanti problemi del nostro vivere.

Molti errori di valutazione derivano da un modo superficiale e approssimativo di considerare persone e situazioni. Molti errori comportamentali, poi, derivano dall'ignoranza delle realtà spirituali e contribuiscono a rendere infelice la nostra vita.

La crescita interiore presuppone, come dicevamo, una continua educazione a rivedersi e un allenamento della propria volontà a migliorarsi. Per questo è necessario desiderare e coltivare, insieme all'umiltà, la preghiera che è il linguaggio dell'anima.

Per crescere spiritualmente, com'è giusto che sia, è bene ricordare che nulla possiamo portare a compimento da soli, poiché siamo figli di Dio e con Lui dobbiamo tessere un rapporto di relazione d'amore e di collaborazione. Il nostro spirito va quindi coltivato, non come entità a se stante, non secondo un criterio di autonomia nelle valutazioni e nelle interpretazioni, ma con soggezione filiale a Dio che ci è Padre, essendo noi soffio del suo Spirito. Una soggezione, quindi, che non è dipendenza passiva ma un fiducioso dimorare nel suo amore che è verità e vita[4].

---

[4] "Prega l'Altissimo perché guidi la tua condotta secondo verità" (Sir 37,15).

La preghiera, linea di unione fra la terra e il cielo

La preghiera costituisce l'allineamento del nostro spirito allo Spirito Santo. Va pertanto considerata e praticata con rettitudine, non secondo una visione legata a degli schemi e ancor meno finalizzata unicamente a richieste personali. Se di allineamento appunto si tratta, è l'uomo che deve allinearsi sulla linea dello Spirito di Dio e non portare Dio dove egli vuole secondo i propri desideri terreni.

La preghiera è quindi innalzamento dell'uomo verso Dio, linguaggio umano che si eleva verso l'alto e pertanto deve lasciare i legami della terra, altrimenti non potrebbe mai elevarsi.

Non si può in realtà parlare di preghiera senza considerare quanto in fondo essa sia una posizione che l'uomo assume nei confronti dell'Assoluto.

È sottilissimo e appena percettibile il disporsi della nostra anima in posizioni diverse, che portano serenità di sentimenti o ansietà persistente. Molte volte accade infatti che, pur pregando con il desiderio di confidare nell'aiuto del Signore, resti in noi lo stato d'animo della preoccupazione verso le situazioni contingenti che viviamo e per cui preghiamo. Per questo motivo la nostra preghiera, anche se noi non lo esplicitiamo, resta implicitamente condizionata all'esito della nostra contingenza, non spicca il volo. In tal modo è come se noi volessimo calare il cielo nella realtà del tempo e nella terrenità dei fatti. Ma terra vuole terra e cielo vuole cielo.

Pur restando l'effettiva veridicità dell'esigenza terrena e la sua conseguenziale necessità di soluzione, quando ci si volge al cielo ogni nostro pensiero deve essere terso da ogni scoria che possa legarlo alla nostra visione umanamente terrena della realtà. Il cielo è realtà che sovrasta la terra. In cielo abbiamo un Padre che è il nostro Datore di vita e dirige e amministra i nostri giorni con assoluta perfezione.

L'unigenito Figlio di Dio, che ha preso la nostra carne, condividendo con noi tutto fuorché il peccato(5), è venuto a ricordarcelo, rimarcandolo nei nostri cuori irrigiditi e impauriti.

Coltiviamo, dunque, la sua autorità di Presenza e di Verità in noi e fra noi, per vivere il nostro tempo nella giusta proiezione del suo sbocco finale(6) e, quando ci volgiamo al Padre, riposi il nostro cuore nella fede.

---

(5) "Essendo stato lui stesso provato in ogni cosa, a somiglianza di noi, escluso il peccato" (Eb 4,15).

(6) "Non conformatevi alla mentalità di questo secolo, ma trasformatevi rinnovando la vostra mente, per poter discernere la volontà di Dio, ciò che è buono, a lui gradito e perfetto" (Rm 12,2).

Presupposti essenziali per la preghiera

La preghiera non è quindi solo atto di richiesta, ma un atteggiamento interiore dell'uomo nei confronti del Padre. Essa richiede alcuni presupposti, primo fra tutti, come abbiamo già sottolineato, proprio quello dell'umiltà che consiste fondamentalmente nella consapevolezza del proprio nulla. Nulla infatti siamo senza la grazia di Colui che dà la vita. L'abito della presunzione, che spesso purtroppo indossiamo istintivamente senza nemmeno rendercene conto, ci fa dimenticare di essere piccoli, miopi e peccatori[7]. Da superbi non possiamo davvero rivolgerci al Padre, perché stabiliremmo una relazione su una base di menzogna. Dobbiamo prima mettere le cose in ordine e cioè assoggettarci a ciò che realmente siamo, affinché, trovandoci nel riflesso della verità, potremo stabilirci nella giusta sintonia d'onda e aprirci allo sguardo del Padre nella corretta disposizione di figli comunque manchevoli.

Il nostro rapporto di relazione con il Padre, che nella preghiera trova la sua espressione più esplicita,

---

[7] "Le inavvertenze chi le discerne?
Assolvimi dalle colpe che non vedo.
Anche dall'orgoglio salva il tuo servo
perché su di me non abbia potere" (Sal 19,13-14).

presuppone anche un cuore riconoscente, che mantiene sempre il ricordo delle sue grazie[8]. È vero che le grazie che riceviamo non sono tutte visibili ai nostri occhi, ma nemmeno di quelle riconoscibili noi a volte conserviamo il ricordo grato, pur essendo consapevoli di quanta generosità immeritata Dio ci ricolma.

Un'altra condizione interiore che va coltivata è quella del santo timore, non quindi un timore servile dettato dalla preoccupazione della pena, ma quello di una soggezione reverenziale che deriva dal riconoscere Dio al di sopra di ogni cosa e di ogni creatura. Tale timore ci acquista fedeltà e obbedienza nell'amore[9].

Inoltre è necessario che l'anima che si volge a Dio dimori nella sincerità e "spolveri" e purifichi il proprio cuore per poter ricevere l'abbraccio del Padre.

Non è quindi l'atto della preghiera in sé che dobbiamo considerare, ma la nostra preparazione a trovarci quali figli al cospetto di Dio Padre. Ecco il significato altissimo della preghiera: disporsi a ricevere l'abbraccio divino. Chi vive in questo modo la preghiera, anche fra le difficoltà del mondo, riuscirà a vedere ogni cosa

---

[8] "Tu mi hai dato il tuo scudo di salvezza,
la tua destra mi ha sostenuto,
la tua bontà mi ha fatto crescere.
Hai spianato la via ai miei passi,
i miei piedi non hanno vacillato" (Sal 18,36-37).

[9] "Principio della sapienza è temere il Signore;
essa fu creata con i fedeli nel seno materno" (Sir 1,12).

nel chiarore della luce che da Dio promana.

Come vediamo, quindi, la ragione ha poco spazio nella preghiera. Pregando, infatti, è necessario che ci lasciamo andare totalmente con lo spirito e con la mente nel vortice dell'amore. Eppure la preghiera non disgiunge la ragione dall'amore, ma le unisce, sottomettendo la ragione all'amore. Quando infatti la ragione e le pretese umane saranno soggette umilmente al canto dell'amore, solo allora la nostra preghiera sarà miracolosa, poiché realizzerà l'incontro del cuore umano col Cuore divino. Comprendiamo allora quanto è necessario chiedere e desiderare la liberazione interiore da tutto ciò che ci lega ai nostri desideri, alle nostre opinioni, alle nostre attese e ai nostri giudizi per accogliere, una volta liberati, la libertà dell'amore.

La preghiera, atto di fede e di amore

La preghiera è un'attività spirituale e, in quanto tale, deve essere animata dalla certezza che Dio ci ascolta, dalla fede in Lui che vuole il nostro autentico bene, dalla speranza sul futuro di gioia eterna che in Lui ci attende. Per questo motivo, quando ci disponiamo all'incontro intimo con il Signore della vita, la pena per tutto quello che è conseguente alla nostra storia terrena dovrà scomparire e fondersi con il canto della fede. Con la preghiera infatti noi festeggiamo la nostra fede. Questo è ciò che conta ed è anche la motivazione fondamentale della nostra preghiera, che è dialogo fiducioso e condividente con chi ci ama e sa curarsi di noi più e meglio di quanto noi stessi potremmo.

Il senso e il valore della preghiera sono racchiusi in questa festa d'anima che celebra la sua fede in Dio Padre misericordioso, sommo vertice di ogni perfezione dell'amore[10].

In questa celebrazione di fede, in cui l'anima si apre ad accogliere la consolazione di essere e sentirsi im-

---

[10] "Rallegratevi nel Signore, sempre; ve lo ripeto ancora, rallegratevi. La vostra affabilità sia nota a tutti gli uomini. Il Signore è vicino! Non angustiatevi per nulla, ma in ogni necessità esponete a Dio le vostre richieste, con preghiere, suppliche e ringraziamenti; e la pace di Dio, che sorpassa ogni intelligenza, custodirà i vostri cuori e i vostri pensieri in Cristo Gesù" (Fil 4,4-7).

mensamente amata, noi compiamo la volontà di Dio, conclamiamo la sua paternità, diamo al nostro spirito pieno respiro di vita.

Spesso il nostro modo di pensare e vivere la preghiera è difettoso proprio perché manchiamo di esercitarci nell'umiltà e nell'abbandono filiale che, come abbiamo visto, costituiscono la premessa indispensabile alla nostra relazione con Dio. Tendiamo, infatti, a restare ancorati intimamente alle nostre ragionevoli ragioni, senza pensare che la preghiera è un atto d'infanzia del cuore, che nulla toglie alla maturità della ragione ma non ne accusa l'oppressione.

Per questo vanno rivisti i sentimenti personali più profondi e liberato il cuore dai pesi che lo invecchiano. È difficile che un adulto si disponga a questo, se non ne comprende nell'intimo la necessità. Solo allora riuscirà ad educarsi volenterosamente a coltivare un cuore nuovo disposto ad aprirsi alla grazia.

Preghiera e benessere

Un benessere totale si sprigiona nell'uomo quando vive di fede e di amore. È il benessere che deriva dalla volontà di adesione all'ordine voluto da Dio. Il componimento della nostra istintività caratteriale all'interno di tale ordine determina in noi la disposizione a vivere con serenità d'animo e di giudizio le diverse circostanze della vita terrena.

La soggezione a Dio non è un atto che limita ma un bene che produce bene. Limitazione semmai accusiamo quando il nostro spirito vuole opporsi alla verità che gli è superiore e da cui esso stesso deriva. Da questo contrasto nasce quella sofferenza che ci fa avvertire il disagio della rinuncia e della limitazione.

A cosa dovrà mai rinunciare chi vive in Dio che è tutto? Piuttosto è la terra che attira a sé e, nel momento in cui viene arginata, rivendica ciò che le appartiene. Questo spiega l'attrito fra la volontà di Dio e la nostra quando ci lasciamo condizionare dai legami terreni.

Ora, se è vero che natura chiama natura, è pur vero che noi dobbiamo sapere coniugare in noi stessi la natura e lo spirito, consapevoli che è lo spirito ad animare la natura e a sovrastarla, proprio a causa della sua sostanza eterna[11].

Nella preghiera l'uomo che si pone nella disposizione di fede e di amore innocente può trovare il miele dell'anima, il profumo dei prati in fiore, la gioia che nessuna cosa o persona creata può donare. Perché ciò accada, è necessario che egli, inserendosi nella preghiera, eserciti in se stesso l'annullamento delle paure, rinasca nello spirito e viva di esso, pur non trascurando i beni materiali e non isolandosi, ma vivendo nel mondo con la preghiera nel cuore.

Chi vive pregando, in questa condizione d'anima, vive con equilibrio, poiché ricompone ogni volta in sé i propri elementi vitali ognuno nel suo ruolo di sostanza. Quando le problematiche terrene rischiano di coinvolgerlo, egli sa distaccarsene con la fede sostenuta dall'incandescenza coltivata del suo amore per Dio. Subito egli recupera nell'intimo la pace in un'ottica di valutazione che supera il transitorio e lo vede già passato prima ancora che passi. Tale distacco egli ripropone sempre in se stesso e gli si rivela un'azione salutare, i cui benefici sono immediati e durevoli.

Troppo spesso noi abitiamo interiormente nelle

---

[11] "In realtà, noi viviamo nella carne ma non militiamo secondo la carne. Infatti le armi della nostra battaglia non sono carnali, ma hanno da Dio la potenza di abbattere le fortezze, distruggendo i ragionamenti e ogni baluardo che si leva contro la conoscenza di Dio, rendendo ogni intelligenza soggetta all'obbedienza al Cristo" (2Cor 10,3-5).

nostre ansie. Troppo spesso ci nutriamo di apprensione. Non è il nutrimento a cui siamo destinati, né tale abitazione interiore è quella idonea alla nostra identità di creature. Essere creature vuol dire infatti respirare il creato, prendere parte alle sue armonie e infine riconoscersi custodi e collaboratori intelligenti di tutta la creazione. Ora, se la creazione è l'opera munifica del Creatore, noi che ne siamo l'espressione più nobile dobbiamo immergerci nella logica che la anima. E qual è tale logica? Quella della mente di Dio che è mossa dall'amore[12], un amore che è appunto nell'ordine della perfezione dell'Essere. Quindi, per "essere" noi a nostra volta, non ci resta che immergerci nell'Essere e divenirne fruitori e trasmettitori. Ma, perché ciò avvenga, dobbiamo vivere in Dio e comunicare con Lui attraverso la preghiera, facendo nostro il suo linguaggio e lasciandoci condurre dalla sua mano invisibile e certa. Pregare nella giusta disposizione d'anima induce ad una serena dimensione di vita.

La continuità della luce in ogni anima vive nell'essenza dell'amore che sale fino al Padre, dopo esserne disceso e avere avuto conoscenza nel nostro piccolo cuore di carne[13].

---

[12] "Noi abbiamo riconosciuto e creduto all'amore che Dio ha per noi. Dio è amore; chi sta nell'amore dimora in Dio e Dio dimora in lui" (1Gv 4,16).

[13] "È in te la sorgente della vita,
alla tua luce vediamo la luce" (Sal 36,10).

È una comunicazione che potremmo definire musicale, con una circolarità discendente e ascendente fra Padre e figli. Essere liberi in tale luce dona l'espressione dell'amore eterno.

Il miracolo personale è il ritorno dell'anima alla sua condizione naturale

Quando la preghiera naviga nella certezza di essere ascoltata, a motivo della fede, accade davvero un miracolo. Potremmo dire che questo è il miracolo più grande che l'uomo possa ricevere. Non quindi un evento straordinario esterno, non una guarigione fisica e nemmeno una guarigione spirituale che irrompe nell'anima per puro intervento di grazia, ma l'evento che si verifica naturalmente nell'anima quando essa si pone appunto nella condizione naturale di avvicinarsi alla volontà e all'amore del Padre. È il miracolo personale, intimo, non eclatante agli occhi del mondo, ma senza dubbio di gran lunga il più prezioso e fruttuoso. È l'anima figlia che riconosce in se stessa la propria pochezza e, nello stesso tempo, la grandezza della paternità di Dio e a Lui si affida totalmente, abbandonandosi serenamente all'incontro con l'Amore[14].

Un'anima nutrita di fede vive nella preghiera il suo sogno: l'incanto che prova in se stessa quando, pregando, esprime i più profondi desideri nella certezza di essere ascoltata e compresa nella sua intimità, al di là di ciò che può desiderare nella praticità della sua vita terrena. È la comunione con Dio che le dà tranquillità,

[14] "Signore, mio Padre tu sei
e campione della mia salvezza" (Sir 51,10).

non l'ottenimento di una grazia in ordine al tempo che passa. Infatti, l'essere in Dio e per Dio è per essa desiderio superiore ad ogni altro interesse che la propria umanità può suggerirle. E per di più, proprio per la sua innamorata fedeltà, i suoi desideri più ardenti sono gli stessi di Dio. Quanto al tempo, poi, e alla modalità del loro compimento, essa ha fiducia piena che la divina Provvidenza porterà ogni cosa al traguardo finale con somma perfezione di bene.

Molto probabilmente, quando la fede si incontra con il desiderio, avviene una combinazione astrale invisibile in cui Dio opera e interviene secondo le necessità e la purezza di cuore della sua creatura.

Come dicevamo prima, noi siamo abituati alla concezione del miracolo dei segni. Infatti consideriamo miracolo la manifestazione di fenomeni non spiegabili secondo la scienza umana. Questi sono segni che il Padre permette in misura individuale o cosmica per indurre al ravvedimento personale e universale gli uomini che non credono in ciò che non vedono. Sono segni di testimonianza dell'esistenza di Dio, che è al di sopra della volontà dell'uomo.

Altra cosa è l'incontro d'amore fra Dio e l'uomo, quando l'uomo si apre con riconoscenza ad accogliere Dio nel suo cuore.

Chi chiede in preghiera un miracolo, quando non ha ancora ritrovato in se stesso la paternità divina del Padre, si trova in una posizione di errore e compie un atto improprio poiché inficiato all'origine. Dio è Amore e l'amore ha le sue leggi e le sue condizioni. Bisogna operare sotto il canto del cuore, affinché il Cuore divino possa parlare al cuore umano[15].

La materia dovrà essere sottomessa al cuore affinché fiumi d'acqua viva possano entrare nel nostro essere di creature e metterci nella condizione di poter accogliere il bacio del Padre celeste. È questo il bacio che sana tutto ciò che sanguina, mentre l'imperfetto in noi viene perfezionato per la gloria dell'amore di Dio nostro Padre. È l'intervento dell'amore divino nella nostra vita.

Un sasso, una roccia possono assorbire l'acqua del cielo? Così è per noi quando siamo pieni di noi stessi e chiediamo il miracolo. Dobbiamo invece chiedere l'azione della grazia per elevarci alle realtà spirituali e tornare a Dio Padre.

La nostra maturità umana ci renderà consapevoli e coscienti di tutto ciò che abbiamo appreso nel cammino della vita. Questa consapevolezza ci indurrà conseguentemente ad avvalorare la nostra filiale soggezione a Dio e a non basarci sulla nostra presunta forza di desiderio o di pretesa.

Uomo è colui che conosce, ma nell'intimo resta il

---

[15] "Quanto è buono Dio con i giusti,
con gli uomini dal cuore puro!" (Sal 73,1)

bimbo che si lascia condurre verso l'eternità. Questa saggia semplicità, che è la scelta intelligente degli umili, induce a quella totale fiducia verso il Creatore che è l'unica condizione interiore capace di aprire i cieli.

Allora sboccia l'intervento d'amore, che è sì intervento soprannaturale, ma si muove nella naturalezza della risposta creaturale alla dinamica trinitaria, poiché è determinato dal ritorno alla condizione naturale dell'anima creata che si avvicina alla volontà e all'amore paterno del suo Creatore. Il miracolo personale è quindi mirabile atto di congiunzione fra Dio e l'uomo, permesso dalla mirabile sottomissione filiale dell'uomo che, nella sua maturità, riconosce la propria debolezza e la propria nudità. La maturità è quindi necessaria ma, come dicevamo, dovrà essere accompagnata da un cuore semplice che porta la purezza dell'infanzia. L'infanzia infatti comprende, la maturità invece opprime, se si consuma in se stessa e non acquista la capacità di sfociare nella scelta dell'infanzia del cuore. Tale scelta quindi è necessaria per intendere ciò che la mente adulta da sola non sarebbe capace di intendere. È necessaria, affinché noi possiamo sognare e nel sogno correggere le umane contraddizioni, nel sogno ritrovare la perfezione del linguaggio poetico della creazione, nel sogno custodire la musica ancestrale che culla l'anima e la fa star bene, anche dentro la prigione del corpo materiale.

Anche il sogno è una scelta, una scelta positiva

su solide fondamenta, non davvero una scelta di evasione come si potrebbe pensare, ma di riequilibrio. Il sogno, in chi ha la maturità spirituale, è una scelta di saggezza che nell'intelligenza delle cose pone l'amore al centro e per questo apre la via all'intuizione delle verità nascoste alla ragione, rendendo la ragione serva e custode dell'amore.

Indice

Printed in Great Britain
by Amazon

34138813R00040